Alianza Cien
pone al alcance de todos
las mejores obras de la literatura
y el pensamiento universales
en condiciones óptimas de calidad y precio
e incita al lector
al conocimiento más completo de un autor,
invitándole a aprovechar
los escasos momentos de ocio
creados por las nuevas formas de vida.

Alianza Cien
es un reto y una ambiciosa iniciativa cultural

TEXTOS COMPLETOS

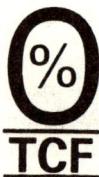

0%
__TCF__
IMPRESO EN PAPEL ECOLÓGICO
(EXENTO DE CLORO)

STENDHAL

Ernestina
o el nacimiento
del amor

Francesc Ausràs. Marx. Oliva 1999

Alianza Editorial

Diseño de cubierta: Ángel Uriarte

© Traducción: Fundación Consuelo Berges
© Ed. cast.: Alianza Editorial, S. A. Madrid, 1994
Calle J. I. Luca de Tena, 15, 28027 Madrid; teléf. 741 66 00
ISBN: 84-206-4623-7
Depósito legal: M. 3231-1994
Impreso en Impresos y Revistas, S.A.
Printed in Spain

Advertencia

Una mujer muy inteligente y de cierta experiencia afirmaba un día que el amor no nace tan súbitamente como dicen. «Me parece —decía— que veo siete épocas completamente distintas en el nacimiento del amor.» Y para probar su aserto contó la anécdota siguiente. Estábamos en el campo, llovía a cántaros y era muy grato escuchar.

Cuando una muchacha con el alma perfectamente indiferente habita en el campo, en un castillo aislado, el más pequeño acontecimiento excita profundamente su atención. Por ejemplo, un joven cazador que ve de improviso en el bosque, cerca del castillo.

Por un suceso tan sencillo como éste comenzaron las desventuras de Ernestina de S... El castillo donde vivía sola, con su anciano tío, el conde de S..., castillo construido en la Edad Media, a orillas del Drac, sobre una de las inmensas rocas que encajonan el curso de este torrente, dominaba uno de los más hermosos paisajes del Delfinado. Ernestina encontró que el joven cazador que el azar ponía ante su vista era de noble porte. Su imagen surgió varias veces en su mente, pues ¿en qué pensar en aquella vieja mansión? Vivía la doncella en el seno de una cierta magnificencia; mandaba sobre numerosa servidumbre; pero desde hacía veinte años el dueño y los criados eran ya viejos, y todo se hacía siempre a la misma hora; nunca se iniciaba una conversación sin censurar todo lo que se hace y lamentarse de las cosas más sencillas. Una tarde de primavera, ya próxima la noche, Ernestina estaba en su ventana. Contemplaba el pequeño lago y el bosque más lejano. La extremada belleza del paisaje contribuía quizá a sumirla en una melancólica abstracción. De pronto volvió a ver al joven cazador que descubriera unos días antes; estaba también en el bosquecillo del otro lado del lago. Llevaba un ramillete de flores en la mano. Detúvose como para mirarla. Ella le vio besar el ramillete y, en seguida, colocarlo con una especie de respetuosa ternura en un hueco de una gran encina a la orilla del lago.

¡Cuántos pensamientos provocó este acto, y cuán vivamente interesantes comparados con las monótonas sensaciones que hasta aquel momento le habían llenado la vida a Ernestina! Una nueva existencia comienza para ella; ¿se atreverá a ir a ver aquel ramo?; «¡Dios mío, qué imprudencia! —se dijo temblando—; ¿y si en el momento de aproximarse a la encina saliera el joven cazador de entre los árboles cercanos? ¡Qué vergüenza! ¿Qué iba a pensar de mí?» Pero aquel árbol era la meta habitual de sus paseos solitarios; muchas veces iba a sentarse bajo sus ramas gigantescas, que se elevan sobre el prado y forman en torno al tronco como unos bancos naturales protegidos por su vasta sombra.

Aquella noche Ernestina no pudo pegar los ojos; al día siguiente, a las cinco de la madrugada, apenas al asomar la aurora, sube a los desvanes del castillo. Sus ojos buscan la encina grande de allende el lago; en cuanto la divisa, se queda inmóvil y como sin respiración. La felicidad, tan exaltada, de las pasiones sucede a la alegría sin objeto y casi maquinal de la primera juventud.

Pasan diez días. ¡Ernestina cuenta los días! Sólo otra vez ha visto al joven cazador; se acerca al árbol tan querido, con un ramillete que coloca lo mismo que el primero. El anciano conde de S... observa que Ernestina se pasa la vida cuidando una pajarera que ha instalado en las buhardillas del castillo; es que, sentada junto a una ventana con la persiana cerrada, domina toda la extensión del bosque que se prolonga más allá del lago. Está bien segura de que su desconocido no puede verla, y así piensa en él a sus anchas. Se le ocurre una idea que la atormenta: si él cree que no hace ningún caso de sus ramos de flores, deducirá que desprecia su homenaje, el cual, después de todo, no es más que una simple galantería, y por poca dignidad que tenga, no volverá a aparecer. Transcurren cuatro días más, pero ¡con qué lentitud! Al quinto, al pasar la joven por azar junto a la encina grande, no pudo resistir la tentación de echar una ojeada al hueco donde viera depositar los ramilletes. Estaba con su aya y no tenía nada que temer. Ernestina pensaba no encontrar más que flores marchitas; con indecible alegría ve un ramillete compuesto de las flores más raras y más bellas, deslumbradoramente frescas, ni un solo pétalo de aquellas flores delicadas está marchito. Apenas vislumbrado todo esto con el rabillo del ojo y sin perder de vista a su aya, recorre con ligereza de gacela toda esta parte del bosque a cien pasos a la redonda. No ve a nadie; bien segura de no ser observada, torna a la encina y se atreve a mirar con delicia el precioso ramo. ¡Oh, cielos!; hay un papelito casi imperceptible sujeto al lazo del ramo. «¿Qué tiene, Ernestina querida?», inquiere el aya, alarmada por ligero grito que provoca aquel descubrimiento. «Nada, mi buena amiga, una perdiz que alzó el vuelo a mis pies.» Hace quince días, a Ernestina no se le hubiera ocurrido mentir. Se va acercando cada vez más al precioso ramo; inclina la cabeza y, con las mejillas rojas como el fuego, sin atreverse a tocarle, lee en el trocito de papel:

«Hace un mes que traigo cada mañana un ramo de flores; ¿tendrá éste la fortuna de ser visto?»

Todo es seductor en este lindo billete; la letra inglesa que trazó estas palabras es de lo más elegante. Desde hace cuatro años, cuando dejara París y el convento más a la moda del barrio Saint-Germain, Ernestina no ha visto nada tan bonito. De pronto se sonroja vivamente, se acerca a su aya y la invita a volver al castillo. Para llegar más pronto, en lugar de subir por el valle y dar la vuelta al lago como de costumbre, Ernestina toma el sendero del puentecillo que lleva al castillo en línea recta. Está pensativa, se promete no volver a aquel sitio, pues, al fin y al cabo, han tenido la osadía de dirigirle una especie de carta. «Pero no está cerrada», susurra muy bajito. Desde este momento, una horrible ansiedad la perturba. Pero ¿es que no puede ella, ni siquiera de lejos, ir a ver el árbol querido? El sentido del deber se opone. «Si voy a la otra orilla del lago —se dice—, ya no podré fiarme de las promesas que me hago a mí misma.» Cuando, a las ocho de la mañana, oye al portero cerrar la verja del puentecillo, este ruido que le quita toda esperanza parece liberarla de un peso enorme que le oprimía el pecho; ahora ya no podría faltar a su deber, aunque tuviera la flaqueza de ceder a la tentación.

Al día siguiente nada puede sacarla de

una preocupación hondísima; está abatida, pálida; su tío se da cuenta; manda enganchar los caballos a la antigua berlina; recorren los alrededores, van hasta la avenida del castillo de madame Dayssin, a tres leguas de distancia. Al regreso, el conde de S... da orden de detenerse en el bosquecillo; la berlina avanza sobre el césped; el conde quiere volver a ver la inmensa encina a la que llama siempre *la contemporánea de Carlomagno*. «Puede que el gran emperador la viera —dice—, al atravesar nuestras montañas para ir a Lombardía a derrotar al rey Didier.» Y este pensamiento de una vida tan larga parece rejuvenecer al viejo casi octogenario. Ernestina está muy lejos de seguir las lucubraciones de su tío. Le arden las mejillas; va a encontrarse una vez más junto a la vieja encina; se ha prometido no mirar en el pequeño escondite. En un movimiento instintivo, sin saber lo que hace, mira, y ve el ramillete; palidece. Es de rosas moteadas de negro. «Soy muy desgraciado, he de alejarme para siempre. La mujer que amo no se digna reparar en mi homenaje.» Tales son las palabras trazadas en el papelito atado al ramo. Ernestina las ha leído antes de tener tiempo de prohibirse mirarlas. De tal modo desfallece, que tiene que apoyarse en el árbol; y en seguida rompe a llorar. Aquella noche se dice: «¡Se alejará para siempre, no le veré más!»

Al día siguiente, en pleno mediodía, bajo el sol del mes de agosto, paseando con su tío por la avenida de plátanos que bordea el lago, ve a la otra orilla al joven dirigirse a la encina; coge el ramo de flores, lo tira al lago y desaparece. A Ernestina la asalta la idea de que en su gesto había despecho; al cabo de un instante está segura de ello; y se asombra de haber podido dudarlo un momento. Es evidente que, viéndose despreciado, va a partir, y nunca más le verá.

Aquel día hay gran inquietud en el castillo, donde sólo ella expande la alegría. Su tío concluye que está decididamente enferma; una palidez mortal, cierta contracción en los rasgos han alterado aquel rostro puro en el que en otro tiempo se pintaban las sensaciones tan plácidas de la primera juventud. Al atardecer, cuando llega la hora del paseo, ya no se opone Ernestina a que su tío la encamine al prado de allende el lago. Al pasar, y con unos ojos empañados que apenas pueden retener las lágrimas, mira hacia el escondite, a tres pies sobre el suelo, bien segura de no encontrar nada en él; bien vio tirar el ramo al agua. Mas, ¡oh sorpresa!, allí hay otro ramo. «Por piedad de mi atroz sufrimiento, dígnese coger la rosa blanca.» Mientras relee estas palabras desconcertantes, sin que ella misma se dé cuenta, su mano ha separado ya la rosa blanca que está en medio del ramo. «¡Conque es muy desgraciado!», se dice. En este momento su tío la llama; Ernestina le sigue, pero es feliz. Lleva su rosa blanca en su pañuelito de batista, y la batista es tan fina que todo el tiempo que dura aún el paseo puede Ernestina percibir el color de la rosa a través del liviano tejido.

Ahueca el pañuelo de modo que no se aje la rosa querida.

Apenas en el castillo, sube corriendo la rápida escalera que conduce a su pequeña torre, en la esquina del castillo. Por fin se atreve a contemplar a sus anchas la rosa adorada y a saciar en ella sus miradas a través de las dulces lágrimas que corren de sus ojos.

¿Qué significa este llanto? Ernestina lo ignora. Si pudiera adivinar el sentimiento que lo provoca, tendría el valor de sacrificar la rosa que con tanto cuidado acaba de colocar en su vaso de cristal, sobre la mesita de caoba. Mas si el lector tiene la contrariedad de haber pasado de los veinte años, adivinará que estas lágrimas, lejos de ser de dolor, son las compañeras inseparables de la presencia inopinada de una suprema felicidad; quieren decir: *«¡Qué dulce es ser amada!»* En el primer momento, cuando la sorpresa de la primera felicidad de su vida extraviaba su juicio, Ernestina cometió la falta de coger aquella flor. Pero todavía no puede ver y reprocharse esta inconsecuencia.

En cuanto a nosotros, que tenemos menos ilusiones, reconocemos aquí el tercer período del nacimiento del amor: la aparición de la esperanza. Ernestina no sabe que, mirando esta rosa, su corazón se dice: «Seguro que me ama».

Pero, ¿será cierto que Ernestina está a punto de amar? ¿No infringe este sentimiento todas las reglas del sano juicio? ¡Si sólo ha visto tres veces a aquel hombre que, en este momento, le hace verter lágrimas ardientes! Y eso a una gran distancia, lago por medio, quizá a quinientos pasos. Es más; si lo encontrara con su escopeta y su traje de caza, quizá no lo reconociera. Ignora su nombre, lo que es, y no obstante se pasa los días nutriéndose de sentimientos apasionados, cuya expresión no tengo más remedio que abreviar, pues carezco del espacio necesario para hacer una novela. Estos sentimientos son sólo variantes de esta idea: «¡Qué dicha ser amada!» O examina esta cuestión mucho más importante: «¿Puedo esperar que me ame verdaderamente? ¿No me dirá por juego que me ama?» Aunque vive en un castillo construido por Lesdiguières, perteneciente a la familia de uno de los más bravos compañeros del famoso condestable, Ernestina no se ha formulado esta otra objeción: «Acaso es hijo de un campesino de los alrededores». ¿Por qué? Vivía en una profunda soledad.

Claro es que Ernestina está muy lejos de reconocer la naturaleza de los sentimientos que reinan en su corazón. Si hubiera podido prever a dónde la llevaban, habría tenido una probabilidad de escapar a su imperio. Una joven alemana, una inglesa, una italiana, habrían reconocido el amor; como nuestra prudente educación ha resuelto negar a las jovencitas la existencia del amor, Ernestina no se alarmaba sino vagamente de lo que pasaba en su corazón; cuando reflexionaba profundamente, no veía en aquello sino simple amistad. Si había tomado una rosa, una sola, fue porque, obrando de este modo, temía afligir a su nuevo amigo y perderle. «Y además —se decía después de mucho pensar— no se debe faltar a la cortesía.»

Ernestina tenía el corazón transido de los más apasionados sentimientos. Durante cuatro días, que a la joven solitaria le parecen cuatro siglos, un temor indefinible le impide salir del castillo. Al quinto día, su tío, siempre preocupado por su salud, la obliga a acompañarle al bosquecillo; llega junto al árbol fatal, lee en el trocito de papel escondido en el ramo:

«Si se digna tomar esta camelia jaspeada, mañana estaré en la iglesia de su pueblo.»

Ernestina vio en la iglesia a un hombre vestido con suma sencillez y que podría tener unos treinta y cinco años. Observó que ni siquiera llevaba cruz. Simulaba leer y, sosteniendo de cierto modo su libro de horas, apenas dejó un instante de mirarla. Esto quiere decir que, durante toda la misa, Ernestina no pudo pensar en nada. Al salir del antiguo banco señorial, dejó caer su libro de horas y estuvo a punto de caerse ella misma al recogerlo. Se sonrojó mucho por su torpeza. «Me habrá encontrado tan desmañada —pensó—, que se avergonzará de mí.» En efecto, a partir del momento en que ocurrió este pequeño incidente, no volvió a ver al forastero. En vano, después de subir a su carruaje, se detuvo para distribuir algunas monedas entre todos los chiquillos del pueblo: en ninguno de los grupos de campesinos que charlaban junto a la iglesia vio a aquella persona a la que no se atreviera a mirar durante la misa. Ernestina, que hasta entonces había sido la sinceridad misma, fingió haber olvidado su pañuelo. Un criado entró en la iglesia y buscó mucho tiempo en el banco del señor aquel pañuelo que no podía encontrar. Pero el retardo procurado con esta pequeña estratagema fue inútil: no volvió a ver al cazador. «Es claro —pensó—, mademoiselle de C... me dijo una vez que yo no era bonita y que tenía en la mirada algo de imperioso y desagradable; no me faltaba más que la torpeza; seguramente me desprecia.»

Estos tristes pensamientos la perturbaron durante las dos o tres visitas que su tío hizo antes de volver al castillo.

Apenas de regreso, hacia las cuatro, corrió a la avenida de plátanos que bordeaba el lago. La verja de la pasarela estaba cerrada por ser domingo. Por fortuna, divisó a un jardinero; lo llamó y le rogó que pusiera la barca a flote y la condujera al otro lado del lago. Tomó tierra a cien pasos de la encina grande. La barca seguía la orilla y estaba siempre lo bastante cerca de ella para tranquilizarla. Las ramas bajas y aproximadamente horizontales de la inmensa encina se extendían casi hasta el lago. Con paso decidido y con una especie de sangre fría grave y resuelta, se acercó al árbol con el aspecto de quien marchara a la muerte. Estaba bien segura de no encontrar nada en el escondite; en efecto, no había más que una flor marchita desprendida del ramo de la víspera. «Si hubiera estado satisfecho de mí —se dijo—, no habría dejado de darme las gracias con un ramo de flores.»

Se hizo llevar al castillo, subió corriendo y, ya en su torrecilla, bien segura de no ser sorprendida, rompió a llorar. «Mademoiselle de C... tenía razón —pensó—; para hallarme bonita, hay que verme a quinientos pasos de distancia. Como, en esta comarca de liberales, mi tío no trata a nadie más que a campesinos y a curas, mis maneras deben de haber adquirido cierta rudeza, acaso cierta grosería. Tendré en la mirada una expresión imperiosa y repelente.» Acércase al espejo para observarse la mirada, y ve unos ojos de un azul oscuro anegados de lágrimas. «En este momento —dice—, no puedo tener ese aire imperioso que siempre me impedirá agradar.»

Llamaron a comer. Le costó gran esfuerzo secarse las lágrimas. Por fin se presentó en el salón; allí encontró a monsieur Villars, viejo botánico que todos los años venía a pasar ocho días con el conde de S..., con gran disgusto de su sirvienta, erigida en ama de llaves, que durante este tiempo perdía su sitio en la mesa del señor conde. Acercaron el cubo a Ernestina; el hielo se había fundido desde hacía mucho tiempo. Llamó a un criado y le dijo: «Cambie esta agua y ponga hielo, de prisa». «Este tono imperioso te va muy bien», dijo riendo su tío. Al oír la palabra *imperioso*, las lágrimas inundaron los ojos de Ernestina hasta tal punto que le fue imposible ocultarlas; se vio obligada a dejar el salón, y, en el momento de cerrar la puerta, se oyó que la ahogaban los sollozos. Los viejos se quedaron atónitos.

Dos días más tarde pasó junto a la encina grande; se acercó y miró en el escondite, como por ver de nuevo los lugares de su felicidad pasada. ¡Cuál no sería su deslumbramiento al encontrar dos ramilletes! Cogiólos con los papelitos, envolviólos en su pañuelo y se dirigió corriendo al castillo, sin preocuparse de que el desconocido habría podido observar, escondido en el bosque, sus movimientos, idea que nunca hasta aquel día la había abandonado. Sin aliento, se vio obligada a detenerse a mitad del camino. Apenas recobrada un poco la respiración, echó a correr de nuevo con toda la rapidez que pudo. Por fin se halló en su cuartito; sacó del pañuelo los ramilletes y, sin leer los papeles, se puso a besar las flores con embeleso, lo que acabó por hacerla sonrojarse cuando se dio cuenta. «¡Ah, nunca más tendré un aire imperioso —se decía—; me corregiré!»

Cuando por fin hubo testimoniado toda su ternura a aquellos preciosos ramilletes, compuestos de las flores más raras, leyó las esquelitas (un hombre habría comenzado por ahí). La primera, que estaba fechada el domingo a las cinco, decía: «Me he negado el placer de verla después de misa; no podía estar solo, y temía que leyeran en mis ojos el amor que me abrasa por usted.» Leyó tres veces estas palabras: *el amor que me abrasa por usted;* luego se levantó para mirar en el espejo si tenía un aire imperioso; continuó: «*el amor que me abrasa por us-*

ted. Si su corazón es libre, dígnese guardar esta esquela, que podría comprometernos.»

El segundo papelito; el del lunes, estaba escrito a lápiz, y hasta bastante mal escrito; pero Ernestina había pasado ya el tiempo en que la bonita letra inglesa de su desconocido era un encanto a sus ojos; ahora tenía cosas demasiado serias en que ocuparse para prestar atención a estos detalles.

«He venido. He tenido la suerte de que alguien hablara de usted en mi presencia. Me han dicho que ayer cruzó el lago. Ya veo que no se ha dignado tomar el billete que dejé. Esto decide mi suerte. Ama a un hombre, y ese hombre no soy yo. Era una locura, a mi edad, enamorarme de una muchacha de la suya. Adiós para siempre. No añadiré la desgracia de ser importuno a la de haberle manifestado quizá demasiado tiempo una pasión acaso ridícula a sus ojos.»

¡Una pasión! —exclamó Ernestina alzando los ojos al cielo. Fue un momento muy dulce. Esta muchacha, notable por su belleza y en la flor de la juventud, exclamó entusias-

mada: «¡Se digna amarme!; ¡oh Dios mío, qué feliz soy!» Y cayó de rodillas ante una preciosa madona de Carlo Dolci traída de Italia por uno de sus abuelos. «¡Ah, sí, seré buena y virtuosa! —exclamó con los ojos llenos de lágrimas—. Dios mío, dignaos indicarme mis defectos, para que pueda corregirme de ellos; ahora todo me es posible.»

Se levantó para volver a leer veinte veces las esquelitas. Sobre todo la segunda, la sumergió en deliquios de felicidad. No tardó en descubrir la verdad establecida en su corazón desde hacía mucho tiempo: que nunca hubiera podido enamorarse de un hombre de menos de cuarenta años. El desconocido hablaba de su edad. Ernestina recordó que en la iglesia, como era un poco calvo, le había parecido de unos treinta y cuatro o treinta y cinco años. Pero no podía estar segura de esta idea; ¡si apenas se había atrevido a mirarle!; ¡y estaba tan turbada! Aquella noche no pegó los ojos. En su vida no había tenido ni idea de semejante felicidad. Se levantó para escribir en inglés en su libro de horas: «*No ser nunca imperiosa.* Hago este voto el 30 de septiembre de 18...»

En el transcurso de aquella noche se fue afirmando cada vez más en esta verdad: es imposible amar a un hombre de menos de cuarenta años. A fuerza de pensar en las buenas cualidades de su desconocido, se le ocurrió que además de la ventaja de tener cuarenta años, tenía probablemente la de ser pobre. Si estaba vestido en la iglesia de una manera tan sencilla, seguramente era pobre. Nada puede igualar a su alegría ante este descubrimiento. «No tendrá nunca el estúpido aire fatuo de nuestros amigos Fulano y Mengano cuando vienen, por San Humberto, a hacerle a mi tío el honor de matar sus ciervos, y que luego en la mesa nos cuentan sus proezas de juventud, sin que nadie se lo pida.

»¡Será posible, Dios mío, que sea pobre! ¡En este caso, nada falta a mi felicidad!» Se levantó por segunda vez para encender la bujía y buscar una tasación de su fortuna que un día escribiera en uno de sus libros un primo suyo. Halló que poseía diecisiete mil libras de renta al casarse y, luego, cuarenta o cincuenta mil. Cuando estaba meditando en esta suma, dieron las cuatro; se estremeció. «Acaso es ya bastante de día para poder ver a mi querido árbol.» Abrió las persianas; en efecto, vio la encina grande y su follaje oscuro; pero, lo vio por la luz de la luna, y no por las luces del alba, todavía muy lejana.

Al vestirse aquella mañana, se dijo: «La amiga de un hombre de cuarenta años no debe ir vestida como una niña.» Y se entretuvo una hora buscando en sus armarios un vestido, un sombrero, un cinturón, resultando un conjunto tan original, que cuando se presentó en el comedor, su tío, su aya y el viejo botánico no pudieron menos de soltar la carcajada. «Acércate de una vez —dijo el viejo conde de S..., antiguo caballero de San Luis, herido en Quiberon—; acércate, Ernestina; estás vestida como si hubieras querido disfrazarte hoy de mujer de cuarenta años.» Estas palabras la hicieron sonrojarse, y la más viva alegría se pintó en los rasgos de la joven. «¡Dios me perdone! —dijo el bueno del tío al final de la comida, dirigiéndose al viejo botánico—; esto es una apuesta; ¿no es verdad, señor mío, que Ernestina tiene hoy todas las maneras de una mujer de treinta años? Sobre todo al dirigirse a los criados, tiene un airecillo paternal que me encanta por lo ridículo; la he puesto dos o tres veces a prueba para estar más seguro.» Esta observación aumentó la felicidad de Ernestina, si así puede decirse de una felicidad que era ya extremada.

Acabada la comida, le fue no poco difícil desprenderse de sus acompañantes. Su tío y el amigo botánico no se cansaban de burlarse de su airecillo de vieja. Subió a sus pagos y miró a la encina. Por primera vez desde hacía veinte horas una nube vino a oscurecer su felicidad, pero sin que ella pudiera darse cuenta de aquel súbito cambio. Lo que disminuyó el arrobo a que estaba entregada desde el momento en que, la víspera, sumida en la desesperación, encontrara los ramilletes en el árbol, fue esta pregunta que se hizo: «¿Qué conducta debo seguir con mi amigo para que me estime? Un hombre tan inteligente y que tiene la ventaja de tener cuarenta años debe de ser muy severo. Si me permito un paso en falso, dejará de estimarme por completo.»

Entregada Ernestina a este monólogo, en la situación más propia para secundar las serias meditaciones de una muchacha ante su espejo, observó, con un asombro mezcla de horror, que llevaba en el cinturón un broche de oro del cual pendían unas cadenitas con el dedal, y las tijeras en su estuchito, encantadora alhaja que todavía la víspera, no se cansaba de admirar, y que su tío le había regalado el día de su santo, no hacía aún dos semanas. Lo que le hizo mirar con horror aquella joya y quitársela con tanta prisa, fue que, de pronto recordó que su doncella le había dicho que valía ochocientos cincuenta francos y había sido comprada en casa del joyero más famoso de París, llamado Laurençot. «¿Qué pensaría de mí mi amigo, él que tiene el honor de ser pobre, si me viera una alhaja de un precio tan ridículo? Es soberanamente absurdo ostentar de este modo los gustos de una buena mujer de su casa, pues esto es lo que significan estas tijeras, este estuche, este dedal, llevados siempre encima; y la buena mujer de su casa no piensa que cuesta cada año el interés de su precio.» Púsose a calcular muy en serio y halló que aquella alhaja costaba cerca de ciento cincuenta francos anuales.

Esta hermosa reflexión de economía doméstica, que Ernestina debía a la muy intensa educación que recibiera de un conspirador escondido durante varios años en el castillo de su tío, no hizo más que alejar la dificultad. Cuando hubo encerrado en su cómoda aquella alhaja de un precio ridículo, no tuvo más remedio que tornar a la embarazosa pregunta: ¿Qué hay que hacer para no perder la estimación de un hombre tan inteligente?

Las meditaciones de Ernestina (que acaso el lector habrá identificado con el quinto período del nacimiento del amor) nos llevarían muy lejos. Aquella muchacha tenía una inteligencia justa, penetrante, viva como el aire de sus montañas. Su tío, que había sido inteligente en otra época y que lo era todavía en los dos o tres únicos temas que le interesaban desde hacía tiempo, había observado que Ernestina percibía espontáneamente todas las consecuencias de una idea. El buen viejo tenía la costumbre, cuando estaba en sus días alegres —y el ama de llaves había observado que esta broma era el signo infalible de tales días—; tenía, digo, la costumbre de bromear con su Ernestina a propósito de lo que él llamaba su *golpe de vista militar*. Acaso fue esta cualidad la que, más tarde, cuando se presentó en sociedad y se atrevió a hablar, le hizo desempeñar un papel tan brillante. Pero en la época de que hablamos, Ernestina, a pesar de su talento, se hizo un completo lío en sus razonamientos. Veinte veces estuvo casi decidida a no ir a pasear por los alrededores de la encina. «Una sola distracción —se decía—, reveladora de la puerilidad de una mozuela, puede perderme en el concepto de mi amigo.» Pero a pesar de unos argumentos tan sutiles, y en los que ponía toda la fuerza de su mente, no poseía aún el arte, tan difícil, de dominar las pasiones con la inteligencia. El amor que embargaba a la pobre muchacha a pesar suyo falseaba todos sus argumentos, y, por fortuna suya, no tardó en impulsarla hacia el árbol fatal. Después de muchas vacilaciones, al cabo de una hora estaba allí con su doncella. La dejó atrás y se acercó a la encina, resplandeciente de alegría, la pobrecilla. Más que correr, parecía volar sobre el césped. El viejo botánico, que tomaba parte en el paseo, se lo hizo observar a la doncella cuando Ernestina se alejaba de ellos corriendo.

Toda su felicidad desapareció en un instante. No porque no encontrara un ramo de flores en el hueco del árbol; era precioso y muy lozano, lo que le causó un vivo gozo en el primer momento. Era evidente que hacía aún poco tiempo que su amigo había estado precisamente en el mismo lugar en que ella se encontraba ahora. Buscó en el césped algunas huellas de sus pasos; y para colmo de su alegría, en lugar de un simple trocito de papel, había toda una carta, y una carta larga. Miró presurosa la firma; necesitaba saber su nombre de bautismo. Leyó; la carta se le cayó de las manos, junto con el ramo, y un temblor mortal se apoderó de ella. Al pie de la carta había leído el nombre de Felipe Astézan. Ahora bien, Felipe Astézan era conocido en el castillo del conde de S... como amante de madame Dayssin, una mujer de París muy rica, muy elegante, que iba todos los años a escandalizar a la provincia con la osadía de pasar cuatro meses sola en su castillo con un hombre que no era su marido. Para colmo de desdichas, era viuda, joven, bonita, y podía casarse con Felipe Astézan. Todas estas cosas que eran tal como acabamos de contarlas, aparecían mucho más envenenadas en los comentarios de los personajes tristes y grandes enemigos de los errores de la edad bella, que iban a veces de visita al antiguo castillo del tío de Ernestina. Nunca como entonces se vio remplazada en pocos segundos una dicha tan pura y tan viva, la primera de su vida, por un dolor tan punzante y tan sin esperanza. «¡Oh cruel!, ha querido burlarse de mí —decíase Ernestina—; ha querido buscarse una meta en sus excursiones de caza, trastornar la cabeza de una niña, acaso con la intención de divertir a madame Dayssin. ¡Y yo que pensaba casarme con él! ¡Qué niñería!, ¡qué atroz humillación!» Con este triste pensamiento, cayó desvanecida junto al árbol fatal que desde hacía tres meses había contemplado tan a menudo. Allí la encontraron inerme media hora más tarde la doncella y el viejo botánico. Para colmo de desdichas, cuando la hubieron vuelto a la vida, Ernestina vio a sus pies la carta de Astézan, abierta por el lado de la firma y de manera que podía ser leída. Levantóse rápida como el rayo y puso el pie sobre la carta.

Explicó su accidente y pudo, sin que lo notaran, recoger la misiva fatal. En mucho tiempo no le fue posible leerla, pues su aya la ayudó a sentarse y ya no la dejó. El botánico llamó a un obrero que estaba trabajando en el campo y le mandó al castillo a buscar el coche. Ernestina, para evitarse el contestar a los comentarios sobre su accidente, fingió que no podía hablar; un horrible dolor de cabeza le sirvió de pretexto para cubrirse los ojos con el pañuelo. Llegó el coche. Una vez en él, más entregada a sí misma, le fue imposible describir la gran pena de su alma durante todo el tiempo que empleó el coche en llegar al castillo. Lo más horrible de su estado es que se veía forzada a despreciarse a sí misma. La carta fatal que apretaba en su pañuelo le quemaba la mano. En el trayecto llegó la noche, y Ernestina pudo abrir los ojos sin que sus acompañantes lo notaran. La vista de las estrellas tan brillantes, en una hermosa noche del Mediodía de Francia, la consoló un poco. Aunque sentía los efectos de estos arrebatos de pasión, la ingenuidad de sus pocos años estaba lejos de poder apreciar lo que le pasaba. Al cabo de dos horas del más horrible sufrimiento moral, Ernestina debió el primer momento de alivio a una resolución valerosa. «No leeré esta carta de la que sólo he visto la firma, la quemaré», se dijo al llegar al castillo. Esta decisión le permitió estimarse al menos como mujer valerosa, pues el partido del amor, aunque vencido en apariencia, no había dejado de insinuar modestamente que esta carta explicaba quizá de una manera satisfactoria las relaciones de Astézan y de madame Dayssin.

Al entrar al salón, Ernestina arrojó la carta al fuego. Al día siguiente, a las ocho de la mañana, se dedicó de nuevo a estudiar el piano, estudio que había descuidado desde hacía dos meses. Volvió a tomar la colección de las *Mémoires sur l'Histoire de*

France publicadas por Petitot, y tornó a sacar amplios resúmenes de las memorias del sanguinario Montluc. Tuvo la habilidad de hacer que el viejo botánico le ofreciera un curso de Historia Natural. Transcurridos quince días, este buen hombre, sencillo como sus plantas, no pudo menos de hacerse lenguas de la pasmosa aplicación que observaba en su discípula; estaba maravillado. En cuanto a ella, todo le era indiferente; todas las ideas la llevaban igualmente a la desesperación. Su tío estaba muy alarmado: Ernestina enflaquecía a ojos vistas. Como tuviera, por casualidad, un pequeño catarro, el excelente anciano, que, contra lo que suele ocurrir a las personas de su edad, no había concentrado en sí mismo todo el interés que podía poner en las cosas de la vida, imaginó que estaba enferma del pecho. Ernestina lo creyó también, y esta idea le valió los únicos momentos pasaderos que tuvo en esta época; la esperanza de morir pronto la hacía soportar la vida sin impaciencia.

Durante todo un largo mes, no tuvo otro sentimiento que el de un dolor tanto más profundo cuanto que nacía del desprecio de sí misma; como no tenía ninguna experiencia de la vida, no podía consolarse diciéndose que nadie en el mundo podía sospechar lo que había pasado en su corazón, y que probablemente el hombre cruel que tanto le había importado no podría adivinar ni la centésima parte de lo que por él sintiera. En medio de su desgracia, no carecía de valor; no le costó ningún esfuerzo echar al fuego sin leerlas dos cartas en cuya dirección reconoció la funesta letra inglesa.

Se había propuesto no mirar al prado de allende el lago; en el salón, no levantaba nunca los ojos a las ventanas que daban hacia aquella parte. Un día, pasadas casi seis semanas de aquel en que leyera el nombre de Felipe Astézan, a su profesor de Historia Natural, el excelente monsieur Villars, se le ocurrió la idea de darle una larga lección sobre las plantas acuáticas; embarcóse con ella y se hizo conducir a la parte del lago que se internaba en el valle. Al poner Ernestina el pie en la barca, una mirada oblicua y casi involuntaria le dio la certeza de que no había nadie junto a la encina grande; observó apenas una parte de la corteza del árbol de un gris más claro que el resto. Dos horas más tarde, cuando volvió a pasar, después de la lección, frente a la encina, se estremeció al reconocer que lo que le había parecido un accidente de la corteza del árbol era el color de la cazadora de Felipe Astézan, que llevaba dos horas sentado en una raíz de encina e inmóvil como muerto. Haciéndose en su fuero interno esta comparación, Ernestina se sirvió también de estas mismas palabras: *como muerto*. La impresionaron. «Si estuviera muerto, ya no estaría mal pensar tanto en él.» Durante varios minutos, esta suposición fue un pretexto para entregarse a un amor que la vista del ser amado hacía omnipotente.

Este descubrimiento la perturbó mucho. Al día siguiente, un cura de las cercanías, que estaba de visita en el castillo, pidió al

conde de S... que le prestara *Le Moniteur*.
Mientras el viejo ayuda de cámara iba a
buscar a la biblioteca la colección de los
Moniteurs del mes, el conde dijo: «Pero
este año ya no es curioso: ¡es la primera vez
que me pide *Le Moniteur*!». «Señor conde
—contestó el cura—, es que madame
Dayssin me lo ha prestado mientras estuvo
aquí, pero hace quince días que se marchó.»

Estas palabras tan triviales causaron tal
revolución en Ernestina, que creyó desma-
yarse; le humilló mucho sentir su corazón
estremecerse. «¡Así es —dijo— como he lo-
grado olvidarle!»

Aquella noche, por primera vez desde
hacía mucho tiempo, Ernestina sonrió.
«Sin embargo —se decía—, se ha quedado
en el campo, a ciento cincuenta leguas de
París, y ha dejado a madame Dayssin mar-
charse sola.» Recordó su inmovilidad sentado en las raíces de la encina, y toleró que
su pensamiento se demorase en esta idea.
Desde hacía un mes toda su felicidad con-
sistía en creer que estaba enferma del pe-

cho; al día siguiente se sorprendió pensando que, como la nieve comenzaba a cubrir las cumbres de las montañas, muchas veces hacía frío por la tarde y sería prudente llevar vestidos de más abrigo. Un alma vulgar no habría dejado nunca de tomar la misma precaución; Ernestina sólo pensó en ella después de las palabras del cura.

Se acercaba el día de San Humberto, y, con él, el momento de la única gran comida que se celebraba en el castillo en todo el año. Bajaron al salón el piano de Ernestina. Al abrirlo al día siguiente, halló sobre las teclas un trozo de papel con esta sola línea:

«No grite cuando me vea.»

Era tan breve, que antes de reconocer la letra de quien lo había escrito, ya lo había leído: la letra estaba desfigurada. Como Ernestina debía al azar, o acaso al aire de las montañas del Delfinado, un alma firme, es seguro que antes de las palabras del cura sobre la partida de madame Dayssin, habría ido a encerrarse en su cuarto y no habría reaparecido hasta pasada la fiesta.

A los dos días tuvo lugar la gran comida anual de San Humberto. En la mesa, Ernestina hizo los honores, sentada frente a su tío; estaba ataviada con mucha elegancia. En la mesa se exhibió la colección casi completa de los curas y de los alcaldes de los alrededores, más cinco o seis fatuos provincianos que hablaban de sí mismos y de sus hazañas en la guerra, en la caza y hasta en el amor, y sobre todo de la antigüedad de su casta. Nunca tuvieron el disgusto de producir tan poco efecto en la heredera del castillo. La extremada palidez de Ernestina, unida a la belleza de sus rasgos, llegaba a darle un aire de desdén. Los fatuos que intentaban hablarle se sentían intimidados al dirigirle la palabra. En cuanto a ella, estaba muy lejos de rebajar su pensamiento hasta ponerlo en tales individuos.

Transcurrió todo el principio de la comida sin que Ernestina viera nada extraordinario. Comenzaba ya a respirar, cuando, a los postres, al levantar los ojos, éstos tropezaron con los de un campesino de edad ya madura que parecía ser el criado de un alcalde de las riberas del Drac. Sintió en el pecho aquel sobresalto singular que le habían ya causado las palabras del cura; sin embargo, no estaba segura. Aquel campesino se parecía a Felipe. Atrevióse a mirarle una segunda vez; ya no le quedó duda: era él. Se había disfrazado de tal modo que resultaba feo.

Ya es hora de hablar un poco de Felipe Astézan, pues realiza aquí un acto de hombre enamorado, y acaso hallaremos también en su historia la ocasión de comprobar la teoría de las siete etapas del amor. Cuando, cinco meses antes, llegó al castillo de Lafrey con madame Dayssin, uno de los curas que ésta recibía en su casa para hacer la corte al clero repitió una bonita frase. Felipe, asombrado de encontrar ingenio en boca de tal hombre, le preguntó de quién era aquella singular frase: «Es de la sobrina del conde de S... —contestó el cura—, una mocita que será muy rica, pero a la que han dado muy mala educación. No pasa año sin que reciba de París un cajón de libros. Temo que tenga mal fin y hasta que no encuentre marido. ¿Quién va a querer cargar con una mujer así?», etcétera.

Felipe hizo algunas preguntas, y el cura no pudo menos de deplorar la rara belleza de Ernestina, que seguramente la arrastraría a su perdición; con tanto verismo describió la monotonía del género de vida que se hacía en el castillo, que madame Dayssin exclamó: «Oh, por Dios, señor cura, no siga; va a hacer que tome horror a sus bellas montañas.» «No se puede dejar de amar una comarca en la que se hace tanto bien —replicó el cura—, y el dinero que la señora ha dado para ayudarnos a adquirir la tercera campana de nuestra iglesia lo atestigua...» Felipe no le escuchaba ya; pensaba en Ernestina y en lo que debía pasar en el corazón de una muchacha recluida en un castillo que hasta a un cura de pueblo le parecía aburrido. «Tendré que distraerla —díjose en su fuero interno—; le haré la corte de un modo novelesco; esto proporcionará algunos pensamientos nuevos a esta pobre mocita.» Al día siguiente fue de caza hacia la parte del castillo del conde y observó la situación del bosque, separado del edificio por un pequeño lago. Ocurriósele ofrecer a Ernestina el homenaje de un ramito de flores; ya sabemos el resultado de los ramilletes y de las esquelitas. Cuando cazaba por la parte de la gran encina, iba él mismo a colocarlos; los demás días mandaba a su criado. Felipe hacía todo esto por filantropía: ni siquiera pensaba en ver a Ernestina; hubiera sido demasiado difícil y demasiado aburrido hacerse presentar a su tío. Cuando Felipe vio a Ernestina en la iglesia, su primer pensamiento fue que era ya demasiado maduro para gustar a una muchacha de dieciocho o veinte años. Le impresionó la belleza de sus rasgos y sobre todo una especie de noble sencillez que constituía el carácter de su fisonomía. «Hay cierta ingenuidad en este carácter» —díjose a sí mismo. Pasado un momento, ya le parecía encantadora. Cuando la vio dejar caer su libro de horas al salir del banco señorial e intentar recogerlo con una torpeza tan simpática, pensó en amarla, pues surgió la esperanza. Permaneció en la iglesia cuando ella salió, meditando sobre un tema poco divertido para un hombre que comienza a estar enamorado: tenía treinta y cinco años y una incipiente calvicie que podía quizá darle una hermosa frente a la manera del doctor Gall, pero que por lo pronto añadía a su edad tres o cuatro años. «Si mi vejez no lo ha perdido todo al primer encuentro —se dijo—, es preciso que ella dude de mi corazón para que olvide mi edad.»

Se acercó a una ventanita gótica que daba a la plaza y vio a Ernestina subir en el coche; su talle y su pie le parecían seductores; estaba repartiendo limosnas. Creyó notar que buscaba a alguien con los ojos. «¿Por qué —se preguntó— sus ojos miran lejos mientras reparte las monedas al lado mismo de su coche? ¿Le habré inspirado algún interés?»

Vio a Ernestina dar un encargo a un lacayo; durante este tiempo, se embriagaba de su belleza. La vio enrojecer, desde muy cerca: el coche no distaba diez pasos de la ventana gótica; vio al criado entrar en la iglesia y buscar algo en el banco señorial. Durante la ausencia del criado, Felipe tuvo la certidumbre de que los ojos de Ernestina miraban mucho más lejos de la multitud que la rodeaba y, por consiguiente, buscaban a alguien. Pero este alguien podía muy bien no ser Felipe Astézan, que, para esta mocita, tenía quizá cincuenta años, sesenta, ¿quién sabe? «A su edad y rica, ¿no ha de tener un pretendiente entre los hidalgos de las cercanías? Pero no he visto a nadie durante la misa.»

En cuanto partió el carruaje del conde, Astézan montó en su caballo, dio un rodeo por el bosque para evitar encontrarla y llegó muy pronto al prado. Con indecible placer pudo llegar a la encina grande antes de

que Ernestina viera el ramillete y el papel
que había mandado llevar aquella mañana.
Retiró el ramillete, se internó en el bosque,
ató el caballo a un árbol y se puso a pasear.
Estaba muy agitado; se le ocurrió la idea de
esconderse en lo más espeso de un monteci-
llo frondoso, a cien pasos del lago. Desde
aquel reducto, que le ocultaba a todos los
ojos, podía ver, gracias a un claro en el bosque, la encina grande y el lago.

¡Cuál no sería su deslumbramiento cuando, poco tiempo después, vio la barquilla
de Ernestina surcar las aguas límpidas del
lago suavemente agitadas por la brisa! Fue
un momento decisivo. La imagen del lago y
la de Ernestina, a la que acababa de ver tan
de cerca en la iglesia, se grabaron profundamente en su corazón. Desde este momento, Ernestina tuvo algo para él que la dis-
tinguía de todas las demás mujeres, y sólo
le faltaba la esperanza de amarla hasta la
locura. La vio acercarse al árbol con presu-
ra; vio su dolor al no encontrar el esperado
ramo. Este momento fue tan delicioso y tan

vivo que, cuando Ernestina se hubo alejado corriendo, Felipe creyó equivocarse al pensar que había visto dolor en su expresión cuando no halló ramillete alguno en el hueco del árbol. Toda la suerte de su amor se apoyaba en esta circunstancia. Se decía: «Tenía un gesto triste al salir de la barca, e incluso antes de aproximarse a la encina.» «Pero —replicaba el partido de la esperanza— ese gesto triste no lo tenía en la iglesia; allí estaba, al contrario, resplandeciente de frescura, de belleza, de juventud, y un poco turbada; la más viva expresión animaba sus ojos.»

Felipe Astézan, cuando ya no pudo ver a Ernestina, que había desembarcado bajo la avenida de plátanos, en la orilla opuesta del lago, salió de su escondite como un hombre muy distinto del que era cuando entró. Al volver al galope al castillo de madame Dayssin, en su mente no había más que dos ideas: «¿Era verdadera tristeza lo que mostró al no encontrar ningún ramo en el árbol, o era una simple expresión de vanidad decepcionada?» Esta suposición más probable acabó por dominar completamente en su ánimo y le impuso todas las ideas razonables de un hombre de treinta y cinco años. Estaba profundamente serio. Halló mucha gente en casa de madame Dayssin; en el transcurso de la velada, ella se burló un poco de su gravedad y de su fatuidad. Ya no podía, observaba, pasar delante de un espejo sin mirarse. «Me horroriza —decía— esa costumbre de los jóvenes de moda. Es una gracia que usted no tenía; procure desprenderse de ella, o le jugaré la mala partida de mandar retirar todos los espejos.» Estaba preocupado: no sabía cómo justificar la ausencia que proyectaba. Por lo demás, era cierto que preguntaba a los espejos si tenía aspecto de viejo.

Al día siguiente fue a instalarse de nuevo en el montículo a que nos hemos referido, y desde el que se veía muy bien el lago. Acomodóse allí provisto de un buen anteojo y no dejó su puesto de observación hasta que fue noche cerrada.

Al día siguiente llevó un libro, mas le habría sido muy difícil decir lo que contenían las páginas que leía; pero si no hubiera tenido un libro entre las manos, habría deseado tenerlo. Por fin, con indecible alegría, a eso de las tres, vio a Ernestina dirigirse despacio a la avenida de los plátanos que bordeaba el lago y tomar la dirección de la pasarela. Llevaba un gran sombrero de paja de Italia. Se acercó con aire abatido al árbol fatal. Con ayuda del anteojo, Astézan observó perfectamente aquella traza de abatimiento. La vio tomar los dos ramilletes que él colocara aquella mañana, envolverlos en el pañuelo y desaparecer corriendo, rápida como el rayo. Este detalle tan sencillo acabó de conquistarle el corazón. Fue tan vivo, tan rápido, que Felipe no tuvo tiempo de ver si Ernestina conservaba el aire triste o si en sus ojos brillaba la alegría. ¿Qué debía pensar de aquel hecho singular? ¿Iba Ernestina a mostrar los dos ramilletes a su aya? En este caso, Ernestina no era más que una niña, y él más niño que ella al ocuparse hasta tal punto de una chicuela. «Afortunadamente —se dijo—, no sabe mi nombre; sólo yo conozco mi locura, y me he perdonado otras muchas.»

Felipe dejó el escondite con un gesto muy frío y se dirigió, muy pensativo, a buscar su caballo, que había dejado en casa de un campesino a media legua de allí. «Hay que reconocer que sigo siendo un gran insensato», se dijo al apearse en el patio del castillo de madame Dayssin. Entró en el salón, con un semblante inmóvil, abstraído, gélido. Ya no estaba enamorado.

Al día siguiente, Felipe, al ponerse la corbata, se encontró más viejo. Por lo pronto, no tenía ninguna gana de recorrer tres leguas para ir a apostarse entre el follaje a mirar un árbol; pero tampoco sentía deseo de ir a ninguna otra parte. «Esto es muy ridículo —se decía—. Sí, pero ¿ridículo a los ojos de quién? Por otra parte, no se debe desaprovechar nunca la fortuna.» Se puso a escribir una carta muy bien hecha en la cual, como Lindor, especificaba su nombre y sus circunstancias. Como acaso recuerda el lector, esta carta tan bien escrita tuvo la desgracia de ser quemada sin que nadie la leyera. Las dos palabras de la carta que nuestro héroe escribió, sin pensar en ello, la firma *Felipe Astézan,* fueron las únicas que alcanzaron el honor de la lectura. A pesar de sus magníficos razonamientos, nuestro razonable hombre no dejó de esconderse en su habitual puesto de observación en el momento en que su nombre producía tanto efecto; vio el desfallecimiento de Ernestina al abrir la carta; su asombro fue extremado.

Al otro día, se vio obligado a confesarse que estaba enamorado; sus actos lo demostraban. Volvió todos los días al bosquecillo donde había experimentado sensaciones tan vivas. Como madame Dayssin debía tornar muy pronto a París, Felipe se hizo escribir una carta y anunció que dejaba el Delfinado para ir a pasar quince días en Borgoña con un tío enfermo. Tomó la posta y combinó tan bien las cosas, volviendo por otra carretera, que sólo pasó un día sin ir al bosquecillo. Instalóse a dos leguas del castillo del conde S..., en las soledades de Crossey, al lado opuesto al castillo de madame Dayssin, y desde allí iba todos los días a las orillas del pequeño lago. Fue treinta y tres días seguidos sin ver a Ernestina; ya no acudía nunca a la iglesia del pueblo; decían la misa en el castillo; allá acudió bajo un disfraz y tuvo por dos veces la fortuna de ver a Ernestina. Parecióle que nada podía compararse con la expresión noble y a la vez ingenua de sus rasgos. Se decía: «Junto a una mujer así, nunca conocería la saciedad». Lo que más conmovía a Astézan era la extremada palidez de Ernestina y su aspecto de enferma. Tendría yo que escribir diez volúmenes como Richardson si me propusiera consignar todos los diversos modos con que un hombre que, por lo demás, no carecía de buen sentido, explicaba el desfallecimiento y la tristeza de Ernestina. Por fin, decidió tener una explicación con ella y, para esto, penetrar en el castillo.

La timidez —¡tímido a los treinta y cinco años!—, la timidez se lo había impedido durante mucho tiempo. Tomó sus medidas con todo el ingenio posible, y no obstante, a no ser por el azar, que puso en boca de un indiferente el anuncio de la partida de madame Dayssin, toda la habilidad de Felipe habría sido inútil, o al menos sólo habría podido ver el amor de Ernestina reflejado en su cólera. Probablemente, se habría explicado esta cólera por el asombro de verse amada por un hombre de su edad. Felipe se habría creído despreciado, y, para olvidar este sentimiento penoso, habría recurrido al juego o a los pasillos de la Ópera, y se habría hecho más egoísta y más duro pensando que la juventud se le había acabado irremisiblemente.

Un *medio señor,* como se dice en la comarca, alcalde de un municipio de la montaña y camarada de Felipe en la caza del ciervo, accedió a llevarle, disfrazado de criado suyo, a la gran comida del castillo de S..., en la que fue reconocido por Ernestina.

Ernestina se sintió enrojecer vivísima-
mente y tuvo una idea horrible: «Va a creer
que le amo como una locuela, sin conocer-
le; me despreciará como a una niña, se
marchará a París, irá a reunirse con su madame Dayssin: no le volveré a ver.» Esta
idea tan amarga le dio el valor de levantar-
se y subir a su cuarto. En él llevaba dos minutos cuando oyó abrir la puerta de la antesala de su departamento. Pensó que sería
su aya y se levantó. Cuando avanza hacia la
puerta de su cuarto, se abre la puerta, y Felipe se arroja a los pies de Ernestina.

«Por el amor de Dios, perdóneme este
paso; llevo dos meses de desesperación;
¿me quiere por esposo?»

Este momento fue delicioso para Ernestina. «Me pide en matrimonio —se dijo—;
ya no debo temer a madame Dayssin.» Buscaba una respuesta severa, y a pesar de es-
fuerzos increíbles, acaso no habría encontrado nada que decir. Los dos meses de desesperación habían sido olvidados; ahora
se hallaba en el colmo de la felicidad. Afor-

tunadamente, en este momento se oyó abrir la puerta de la antesala. Ernestina le dijo: «Me deshonraría su presencia». «¡No confiese nada!», exclamó Felipe con voz contenida, y, con mucha destreza, se deslizó entre la pared y el lindo lecho de Ernestina, blanco y rosa. Era el aya, muy intranquila por la salud de su pupila, y el estado en que la encontró era lo más a propósito para aumentar sus inquietudes. Despedir a esta mujer no fue cosa de un instante. Mientras permaneció en el cuarto, Ernestina tuvo tiempo de acostumbrarse a su felicidad y de recuperar el dominio de sí misma. Cuando el aya salió y Felipe se arriesgó a reaparecer, recibió una respuesta soberbia.

Ernestina era tan bella a los ojos de su amante, tan severa la expresión de sus rasgos, que las primeras palabras de su respuesta hicieron pensar a Felipe que todo lo que había creído hasta entonces no era más que una ilusión, y que Ernestina no le amaba. Su fisonomía cambió repentinamente y ya no ofreció más que la estampa de un hombre desesperado. Ernestina, conmovida hasta el fondo del alma de esta expresión desesperada, tuvo, sin embargo, el valor de despedirle. De esta singular entrevista sólo conservó el recuerdo de que, cuando él le suplicó que le permitiera pedir su mano, ella le contestó que sus negocios, así como sus afectos, debían de reclamarle en París. Felipe replicó que el único negocio que le importaba en el mundo era merecer el corazón de Ernestina, que juraba a sus pies no abandonar el Delfinado mientras ella estuviera allí y no volver a pisar en su vida el castillo en que había vivido antes de conocerla.

Esto casi colmó de felicidad a Ernestina. Al día siguiente fue a pie hacia la encina grande, pero bien escoltada por el aya y el viejo botánico. No dejó de encontrar un ramillete y, sobre todo, una carta. Al cabo de ocho días, Astézan la había casi decidido a contestar sus cartas, cuando de pronto supo que madame Dayssin había vuelto de París al Delfinado. Todos los sentimientos de Ernestina quedaron reducidos a una viva inquietud. Las comadres del pueblo vecino, que, en esta coyuntura, decidían sin saberlo de la suerte de su vida, y que no perdían ocasión de chismorrear, le dijeron finalmente que madame Dayssin, furibunda de cólera y de celos, había decidido por último buscar a su amante, Felipe Astézan, que, según decían, había permanecido en la comarca con la intención de hacerse cartujo. Para acostumbrarse a las austeridades de la orden, se había retirado a las soledades de Crossey. Añadían que madame Dayssin estaba desesperada.

Pasados unos días, supo Ernestina que madame Dayssin no había conseguido ver a Felipe, y que había regresado furiosa a París. Mientras Ernestina buscaba la confirmación de esta dulce certidumbre, Felipe estaba desesperado; la amaba apasionadamente y creía que no era correspondido. Varias veces le salió al paso, y la manera como fue recibido le hizo pensar que, con sus actos, había irritado el orgullo de su amada. Dos veces emprendió el camino de París; dos veces, después de recorrer una veintena de leguas, tornó a su cabaña, en las rocas de Crossey. Después de haberse dejado mecer por esperanzas que ahora le parecían concebidas a la ligera, intentaba renunciar al amor, y le parecía que para él habían muerto todos los demás placeres de la vida.

Ernestina, más feliz, era amada y amaba. El amor reinaba en aquella alma que hemos visto pasar sucesivamente por los siete diversos períodos que separan la indiferencia de la pasión, y en lugar de los cuales el vulgo no percibe más que un solo cambio, y esto sin saber siquiera explicar la naturaleza del mismo.

En cuanto a Felipe Astézan, para castigarle por haber abandonado a una antigua amiga a las puertas de lo que se puede llamar, para las mujeres, la época de la vejez, le dejamos presa de uno de los estados más crueles en que puede caer el alma humana. Fue amado por Ernestina, pero no pudo obtener su mano. Al año siguiente la casaron con un viejo teniente general muy rico y caballero de varias órdenes.

Títulos de la colección:

Ernestina o el nacimiento del amor está incluido en el libro *Del amor,* de Stendhal, publicado en la colección «El Libro de Bolsillo» de Alianza Editorial con el número 147.

෴

Otras obras de Stendhal en Alianza Editorial: